AF599499

Yeux bleus, cheveux blonds, peau blanche en République dominicaine

Noël Alex S.

Yeux bleus, cheveux blonds, peau blanche en République dominicaine

Nouvelles

ISBN : 979-10-422-1817-1

Je dédie cette œuvre littéraire à tous les humains, à ceux qui détestent les gens de couleur ou de culture différente, comme aux victimes de discriminations de toutes sortes. Puissent ces mots d'amour, de pardon et d'acceptation aider l'immigré à toujours se valoriser face aux discriminations, mépris et rejets, inculquer au nationaliste la raison afin de comprendre que le monde s'entraide et que les immigrants et les nationalistes font partie de la classe des humains !

Préface

« Yeux bleus, cheveux blonds, peau blanche en République dominicaine », c'est une voix en plus contre la ségrégation raciale. Mais une voix qui a su marier, avec toute la gamme des controverses, la protestation à la morale, pour enfin la couronner avec la conciliation.

Il y est peint le portrait de l'Haïtien courtois en territoire voisin, d'une courtoisie poussée jusqu'à un certain complexe (d'infériorité) parfois même inconscient. Mais ferme et inébranlable quand il s'agit de défendre ses droits. Le tableau est parsemé de teints sombres avec les mille et un détails illustrant l'accueil hostile réservé à l'hôte indésirable, en particulier l'Haïtien. Là, c'est malheureusement la partie de cette peinture qui captive le plus. Tout le décor est présenté sur fond noir et blanc. Le noir, pour la discrimination dont est victime l'Haïtien sur le sol dominicain, pour les luttes sanguinaires qui en résultent. Le blanc, pour la présomption, la présumée supériorité de ces gens qui à l'autre bout de l'île tiennent beaucoup à la couleur de leur peau et de ce fait en font le principe de l'ordre social.

Il y apparaît aussi ce teint vert en dégradé pour incarner la communauté estudiantine haïtienne en République dominicaine et les relations diplomatiques entre les deux États. Cette partie du tableau est aussi intéressante que celle où les teints sombres tiennent le devant de la scène. Mais elle est si fragile qu'elle peut à tout moment se basculer sur le fond en noir et blanc. En effet, la discrimination à l'autre côté de l'île ne dispense aucune couche de la société haïtienne de ses dards.

Le vert pour l'espoir, bien qu'en faible lueur, en effet les étudiants sont l'avenir de la nation. Pour le présage de la paix, bien que de courte durée, quand les relations entre les deux États sont prometteuses.

Au reste c'est la perspective d'un monde plus fraternel qui se dessine sous la plume de l'auteur, en passant par l'île d'Haïti. C'est la quête d'un monde où l'humanité prime le patriotisme. On entrevoit : « Est-ce utopique ? »

La réponse est bien claire sous nos yeux, « Yeux bleus, cheveux blonds, peau blanche en République dominicaine ».

St Jean Jean Mary Junior,
Études d'architecture et ingénierie

Assis deux pattes en avant, Beethova tendit sa langue vers sa mâchoire inférieure pour laisser couler ses salives et aboya même l'ombre des feuilles des arbres secouées par le vent. Il se releva, courut par-ci par-là pour aboyer sans qu'il n'y eût personne qui marchait dans la rue de Ensueño, un quartier de la ville de Santiago de los Caballeros dont les jolies maisons, le silence qu'il procure, les basses clôtures des maisons et le vert paysage de la rue se ressemblent comme deux gouttes d'eau à Salman Street, un quartier de Blancs de West RoxBurry[1]. On dirait qu'il voulait donner un signal à quelqu'un, qu'il sonnait une quelconque alarme. Il continua d'aboyer sans relâche. En fait, son ami s'était accoutumé à lui rendre visite tous les matins à 7 heures précises pour se défouler ensemble, et ce matin il faisait déjà 9 heures, Beethova ne le voyait pas. Fidèle comme tous les chiens, il pénétra le boudoir de la maison et aboya plus fortement, la servante le chassa à coups de pied. Tel un vaillant soldat, il continuait le combat, aboyant

[1] West roxbury : Ville située tout près de Boston aux États-Unis d'Amérique.

encore plus fort en sortant de la maison. Et ainsi, ses aboiements atteignirent l'oreille de son meilleur ami, M. Javier Liriano Lombert Rodriguez qui, se laissant séduire par les câlins de son lit, fit la grasse matinée. M. Rodriguez se réveilla, se brossa les dents, s'habilla promptement et se précipita vers sa voiture pour ne pas être en retard en réunion. Pour la première fois depuis son mariage, il n'eut pas le temps de se faire réviser par sa femme ; Griselda Teresa Vargas Rodriguez, avant de laisser la maison. Mais un contretemps venait à marquer de soucis, de saute d'humeur le visage de cet homme élancé aux grands yeux bleus, cheveux blonds et peau blanche, quand le véhicule ne voulut plus démarrer. À l'approche de l'heure, ses petites démarches n'aboutissaient qu'à empirer la situation. Sa voiture tombée en panne en pleine rue, il n'aurait pu éviter un long retard qu'en prenant une petite voiture de transport en commun. Il ne se voyait pas céder devant cette alternative, lui ce grand entrepreneur dominicain qui attachait un haut prestige à son doctorat en Administration des affaires, et à la couleur de sa peau. Et venaient souffler en lui toutes les intempéries de la nature quand sa mésaventure ne lui laissa pas le choix, il finit par prendre un Concho. Coincé par 3 autres personnes, sa chemise blanche, Dior oblique de marque, commençait à s'imprégner de sueur, la chaleur qui régnait dans la petite voiture lui rendait impatient. Il se tourna et se retourna la tête, il se bougea à gauche et à droite, il prit beaucoup de soins pour ne pas se faire salir les chaussures par les passagers. Après plus d'une dizaine de minutes au Concho, il demanda au chauffeur d'arrêter la voiture sous prétexte qu'un métèque, puant le bouc, empuantissait le véhicule. Et ce que fit le chauffeur en criant à cet humble étranger qui laissa la voiture sans la moindre réplique : Moreno[2], descends !

Ce fut l'occasion de tirer à partir de ce fait particulier une conclusion générale ; selon eux, tous ces métèques ont ceci en commun : ils sentent le bouc. Sur ce, ils se plaignirent entre eux, eu égard au bas prix d'un déodorant. Mais les minutes qui suivaient les obligèrent à découvrir une autre cible pour leurs invectives, car l'odeur n'a pas quitté la voiture. Ils reconnurent alors que le coupable n'était pas coupable. À nouveau Monsieur fit arrêter la voiture et continua la route à pied. En arrivant, M. Rodriguez entama la réunion racontant son calvaire dans la voiture publique, il s'indignait d'un Haïtien qui, venant de travail dans une plantation, montait dans la voiture avec ses habits sales et usés. Il qualifiait les immigrants de source de pollution visuelle du pays. Lui et ses collègues passèrent plus de 5 heures discutant sur les mesures à prendre pour contraindre

---

[2] Moreno : Mot espagnol utilisé pour appeler les Noirs en Amérique.

les autorités de son pays à mieux appréhender la question migratoire. Après la réunion, M. Rodriguez demanda à Dr Luis, l'un de ses collègues, de le déposer chez lui. Se trouvant coincés dans un embouteillage au centre de la ville, M. Rodriguez se faisait une tête quand il voyait les marchands haïtiens qui occupaient les deux coins de la Calle Del sol d'avec leurs marchandises agricoles et cosmétiques. Son état s'empirait d'un coup quand un Chinois s'amenait et passait par devant la voiture pour rejoindre l'autre bord de la rue. Il se mit à parler de la sorte :

« Luis, tu vois ces Chinois, ils sont tous illégaux ici, et malgré ce statut, sous la barbe des autorités, ils importent toutes sortes de marchandises de mauvaise qualité au pays pour liquider à vil prix, déstabilisant ainsi notre marché et empêchant les petits marchands dominicains de tirer profit dans le commerce. Penses-tu que ça peut rester ainsi ? Notre pays est très pauvre, nous avons grand besoin de quoi nourrir nos compatriotes. L'arrivée de ces gens-là sur notre terre ne fait que nous sombrer encore plus dans la misère. »

Son ami, fatigué de débattre ce sujet, lui secoua la tête sans rien dire et continua son chemin. De retour chez lui, il se mit à table en compagnie de son épouse pour dîner. Après, il se rendit au boudoir pour faire la sieste. Soudain, sa fille, élégante et belle comme une star, vint accompagnée de 3 camarades de classe, elle lui salua et les lui présenta comme étant ses amis qui l'avaient vue à la télé et avaient manifesté l'envie de la voir en face. Il leur parla à peine et s'y retira. Embarrassée par le mauvais accueil de son père, l'adolescente ne tardait pas à renvoyer ses camarades et elle s'en alla toute triste dans sa chambre. La nuit tombée le téléphone de la maison sonna, Mme Rodriguez le décrocha, quelqu'un appelait pour signaler un meurtre, elle appela son mari et lui passa le téléphone :

« Bonsoir, que puis-je pour vous ?

— Oui, je vous appelle M. Rodriguez parce que j'ai confiance que vous êtes le seul à vouloir débarrasser le pays de ces minables Haïtiens qui, chaque jour, ne cessent de tuer nos compatriotes, lamenta l'informateur précipitamment.

— Calmez-vous monsieur, vous êtes où maintenant ?

— Je suis à Péquin.

— Que s'est-il passé ?

— Monsieur un maldito haitiano[3] *s'est pénétré dans la maison de ma voisine, il l'a tuée et s'enfuit.*

— Avez-vous été témoin de ce meurtre Monsieur ?

— Oui !

— Vous vous appelez comment ?

---

[3] Maldito Haitiano : Terme péjoratif utilisé en République dominicaine pour injurier les immigrants haïtiens.

— Je m'appelle Juan Espinal Ventura.

— Monsieur Ventura, vous dites avoir vu de vos propres yeux un Haïtien pénétrer la maison d'une fille de votre communauté, la tuer et s'enfuir.

L'informateur prit une pose et précisa :

— Monsieur, j'ai vu le dos du tueur, il est noir, c'est sûrement un Haïtien, mais je n'ai pas vu son visage.

— Vous habitez où Monsieur ?

— À Pékin.

— Je viens tout de suite, Monsieur. »

Il était huit heures du soir, M. Rodriguez était au lit avec son épouse, il se leva soudain, enfila des vêtements, se dépêchant tel un fameux journaliste pour se rendre sur le lieu du crime. Le visage attristé, les yeux sombres, sa femme le regarda partir. Il arriva et vit le cadavre de la jeune fille, sans aucune connaissance en médecine légale, il s'est mis une paire de gants, et commençait à toucher le cadavre, puis il enquêta auprès de tous les voisins, personne ne pouvait confirmer que l'homme qui tuait la fille était Haïtien. Le voisinage affirma à l'unanimité d'avoir vu un homme de grande taille sortir de la maison de la victime une vingtaine de minutes avant de découvrir le cadavre. Il rentra chez lui et appela l'un de ses amis politiciens.

— Martinez, contacte tous les membres du parti, demain de très tôt, nous allons paralyser toute l'activité commerciale de Santiago pour forcer le

gouvernement d'agir contre les Mesié[4] *qui envahissent notre pays, nous avons une nouvelle piste, et ceci, une bonne piste.*

— *Quelle est cette piste alors* ? lui demanda-t-il.

— *On vient de tuer une dame à Pékin, celui qui m'a signalé l'homicide m'a dit que le meurtrier est un Noir.*

— *Y entonces ?* fit Martinez, *mais Noir ne veut pas dire Haïtien Rodriguez.*

— *Martinez, ouvre tes yeux mon grand, ne fais pas le Saint là, d'accord, nous sommes des politiciens, et non pas des anges. On va utiliser ce meurtre pour forcer le gouvernement de déporter ces débris d'homme et tous les autres étrangers illégaux qui empêchent les fils du pays de gagner leurs pains quotidiens.*

— *Comme tu le dis Javier,* se résigna Martinez et raccrocha.

En se tournant le dos, M. Rodriguez vit sa femme et sa fille qui l'écoutaient, il se pressa de quitter le salon à grands pas. En s'en allant, sa fille lui demanda :

— *Papa, pourquoi détestes-tu autant les Haïtiens ? Il y a sûrement une raison papa, alors dis-le-moi s'il te plaît.*

---

[4] Mesié : Terme péjoratif utilisé comme synonyme du mot Haïtien en République dominicaine.

Il s'arrêta et répondit sa fille.

— *La raison est simple ma chérie, ils veulent fusionner l'île, et il n'est pas question de nous fusionner avec ces abrutis, ces pauvres, qu'ils aillent se faire foutre dans leur misérable pays.*

Insatisfaite comme si elle savait que son père lui cachait quelque chose, elle s'approcha à petits pas vers lui, se regardant droit aux yeux, et lui demanda.

— *Papa, es-tu certain que c'est l'unique raison qui te pousse à agir ainsi à leurs égards ?*

Stupéfié, M. Rodriguez changea subitement de caractère et dit à sa fille.

— *Tu as quelque chose dans la tête, alors crache-le, ne te laisse pas intimider, vas-y, crache-le.*

— *Non, Papa, je n'ai rien dans la tête*, dit-elle avec la voix tremblée de peur, *mais la pauvreté n'est pas un défaut, c'est juste un état, et ils ne sont pas aussi pauvres comme tu le crois, beaucoup d'eux étudient à la PUCMM*[5] *; l'université la plus chère de Santiago, ceux-là ont de très bonne éducation, ils vivent dans de grands quartiers résidentiels, dans de belles villas comme des princes, et paient tous leurs impôts, je pense qu'ils contribuent grandement au développement du pays, tu ne penses pas ?*

---

[5] PUCMM : Sigle désignant PunctíficaCatólica Madre Y Maestra ; une université catholique de très grand renom qui se situe dans la ville de Santiago de los Caballeros.

— *Coño ! Melissa retire-toi de ma face,* s'énerva-t-il, *on leur fait grâce d'avoir accès à nos universités, alors comment pourront-ils contribuer dans notre développement, c'est nous qui contribuons à leur formation intellectuelle idiote.*

Melissa et sa mère se retirèrent et le laissèrent seul dans le salon. Le lendemain, dans la matinée, il se réveilla, il mobilisa une très grande foule et commença un grand mouvement de protestation, paralysant les activités commerciales de la ville comme prévu, sollicitant la déportation immédiate de tous les étrangers illégaux du pays. Dans les pancartes, on put lire : *« Vivre la souveraineté nationale ! Non à l'ingérence des ONG dans les affaires internes du pays ». « Les Haïtiens sont des pollutions visuelles, ils polluent notre pays. Fuera Haitiano* [6] *! » « Asiatiques donnez-nous la chance de gagner du pain pour nourrir nos enfants, on a plus de place pour vous ici ». « Je ne suis pas raciste, mais je ne veux plus d'Haïtiens dans mon pays ».*

La manifestation commença au centre de la ville pour aller finir sa course au Monumento [7] . M. Rodriguez, microphone en main, se mit debout en face de la foule pour terminer la journée de protestation avec ce discours :

---

[6] Fuera Haitiano : Mots espagnols qui signifient dehors haïtien.

[7] Monumento : Monument historique, emblème de la ville de Santiago situé au cœur de la ville.

« Peuple dominicain, vous êtes salué, que je me sens heureux de voir que jusqu'à aujourd'hui le sang de Duarte[8] coule encore dans vos veines, et que vous êtes disposé à donner votre âme pour le bien-être de votre patrie. Dominicains, Dominicaines, je me sens tellement fier d'être l'un de vous, oui, toute mon âme se réjouit d'être dominicain. Nous avons un message à adresser à nos ennemis historiques qui ne cessent de répandre le sang de nos enfants sur notre propre territoire. Chers ennemis, ce n'est pas uniquement l'hospitalité qui constitue notre être, il y a aussi de très moches choses qui nous caractérisent. Le Général Trujillo[9] était des nôtres, alors tout comme le sang de Duarte, le sang de Trujillo circule dans nos veines. Oui, nous, les Dominicains, nous sommes aussi des descendants de Trujillo, alors, dès aujourd'hui je vous préviens que le peuple dominicain se passe de son hospitalité pour faire appel aux principes du général Trujillo afin qu'ils nous enseignent comment protéger notre sol. Regagnez vos maisons. Merci ! »

Hypnotisée par son discours ultranationaliste, la foule hurla le nom de Trujillo. Et ce jour-là, les Haïtiens subissaient toutes sortes de violences sur le sol dominicain. Des centaines d'immigrants haïtiens

---

[8] Duarte : De son nom complet Juan Pablo Duarte, il est l'un des trois pères de la patrie, fondateurs et héros dominicains.
[9] Général Trujillo : Dictateur dominicain (1936 - 1964) qui a exterminé plus 300 000 immigrants haïtiens en République dominicaine.

furent tués en moins d'une semaine. La violence se propagea, les Haïtiens commencèrent à tuer les immigrants dominicains sur le sol haïtien, à attaquer les consulats dominicains, une dizaine de citoyens dominicains furent tués en Haïti. Les agents de la PNH protégèrent immédiatement les diplomates dominicains. Les presses haïtienne et dominicaine montèrent sur les ondes pour dénoncer le message d'incitation à la violence de M. Rodriguez. Des organisations religieuses, L'ONU, les autorités états-uniennes, et des hommes de lettres haïtiens et dominicains unirent leur voix pour appeler les deux nations sœurs à ne plus faire recours à la violence pour solutionner leurs problèmes. Le gouvernement dominicain exigea aux immigrants haïtiens de rester dans leur entourage comme mesure de précautions en attendant une solution au problème. Quelques semaines furent écoulées, Rodriguez appela dans une émission de radio pour défendre son discours et qualifier d'apatrides aux Dominicains qui le critiquent. Il invita la presse dans une conférence dans 1 mois, car le Coordinateur général du parti lui demanda de présenter des excuses à tous les immigrants du pays. En fin de semaine, M. Rodriguez se rendit dans une boîte de nuit pour se défouler avec quelques amis. Après environ une heure et demie, il se leva de sa table pour aller faire pisser, il aperçut Melissa ; sa fille, dans un coin en train de caresser l'un de ses camarades qu'elle lui avait présentés chez lui. Énervé, il fonça vers eux et gifla sans merci sa fille. Le petit ami de Melissa qui n'eut pas apprécié son geste lui défendit de la toucher encore, il persista et essaya de la gifler une seconde fois, le jeune homme lui fit une prise de bras qui permit à Melissa de s'enfuir. Déçu, M. Rodriguez abandonna le club les yeux mouillés sans lâcher un mot à ses potes, il prit sa voiture et démarra à toute vitesse sans mettre sa ceinture de sécurité. En route pour sa maison, il ne pouvait se contrôler, il heurta une voiture sur la route, mais il continua avec la même vitesse. Il perdit le nord et se retrouva sur une terre battue, il garda encore la même vitesse, son téléphone sonna, il abaissa sa tête pour voir qui l'appelait, en soulevant sa tête, il vit un chien qui lui passa par devant, il essaya de l'épargner et BOOM. Il cogna un pilier électrique, il n'avait pas mis sa ceinture de sécurité, son corps s'envola, sa tête brisa le pare-brise de devant et se trouva dans la rue, couvrit de sang avec une grosse blessure dans la tête sans se pouvoir bouger. Son sang n'arrêta pas de s'écouler, plus personne ne passait dans la route. Deux heures après, il commença à s'affaiblir. Enfin, il vit la lumière d'une voiture qui se garait auprès de lui, soudain il perdit connaissance. Le jour qui suivit, M. Rodriguez se réveilla et se retrouva dans un lit avec ses 4 membres amarrés au fer du lit. Il vit un jeune homme à peau blanche, aux yeux bleus, à la chevelure blonde ondulée, qui, vêtu de blanc, tint en main un sphygmomanomètre et s'approcha d'une autre personne de la salle, il lui demanda :

— *Hey ! Monsieur, est-ce un hôpital ? Êtes-vous médecin ?*

Ce dernier lui répondit :

— *Oui Monsieur, vous êtes à l'hôpital de Seguro Social, et oui je suis médecin interne.*

— *Docteur est ce que ma famille est ici ?*

— *Monsieur votre épouse et votre fille étaient ici hier soir, elles sont parties présentement.*

— *Qui m'a emmené ici Docteur ?*

— *Heu ! je rentrais chez moi, j'ai vous ai vu allonger par terre, alors j'ai garé ma voiture et je vous ai emmené ici.*

— *Pour quoi m'a-t-on amarré ainsi ?*

— *Monsieur vous étiez inconscient, vous vouliez tout vous enlever, le BAVU, le sérum, vous vouliez même interrompre la transfusion sanguine à laquelle vous étiez soumis.*

— *Oh ! s'était-il surpris, on m'a donné du sang ?*

— Oui, Monsieur.

— *Docteur, ma tête a brisé le pare-brise de devant, est-ce qu'on m'a déjà fait une tomographie ?*

— *Oui monsieur, on a déjà tout fait, la tomographie ne reporte aucune hémorragie cérébrale pour l'instant, mais ne vous inquiétez pas on vous a donné du Mannitol pour prévenir toute hémorragie cérébrale.*

— Oh ! Dieu soit loué ! gloire à toi, seigneur, docteur s'il te plaît, fais-moi parler à ma femme.

Le médecin lui fit parler à son épouse par téléphone, sa famille revint toute de suite à l'hôpital. Le surlendemain, le médecin entra dans la chambre de M. Rodriguez, ce dernier lui appelait à son secours, car ses salives étaient en train de l'étrangler du fait qu'il n'avait pas pu bouger son cou. Le médecin mit une paire de gants, il lui tendit sa main et lui fit cracher dans sa paume puis se retira. Son état de santé se stabilisait un jour avant la date qu'il avait fixée pour sa conférence de presse. On lui disait qu'on allait lui donner son exéat, il appela sa femme et lui demanda de lui apporter son chéquier. Sa femme, sa fille et Beethova vinrent à l'hôpital avec son chéquier. Il demanda aux médecins de l'hôpital de lui appeler celui qui l'avait emmené à l'hôpital. Le médecin arriva, M. Rodriguez s'appuya contre le fer du lit pour s'asseoir et dit :

— Docteur, tu ne pourras jamais imaginer la grandeur du geste que tu as fait, je l'ai toujours dit, seule la grandeur de Dieu surpasse celle des médecins. Docteur, tu m'as ramené à la vie, je t'en suis très reconnaissant. Bien ! Je sais que même le monde remplit d'argent ne vaut ma vie, mais je veux simplement te récompenser pour tout ce que tu as fait

pour moi, ma famille et le pays, alors je te fais ce chèque de 500 000 pesos, prends-le docteur, fais-moi plaisir.

Le médecin revint sur ses pas et lui secoua la tête pour renoncer à son offre.

— *Docteur dis-moi ce que tu veux et tu l'auras, rends-moi service.*

Le médecin l'approcha alors, le fixa du regard et lui dit :

— *Vous dites ce que je veux, Monsieur ?*

— *Oui Docteur ! tout ce que tu veux.*

— *Je veux la chance de vivre, ayez pitié de moi, arrêtez de me maltraiter, je veux la tranquillité, tout ce que je veux c'est votre grâce, Monsieur.*

— *Je ne te comprends pas, je ne te connais même pas, comment puis-je te maltraiter ?* demanda-t-il.

— *Vous ne me comprenez pas ?* demanda-t-il. *Je suis Haïtien, Monsieur.*

— *Tu es Haïtien ?* s'étonna M. Rodriguez, *yeux bleus, cheveux blonds, peau blanche, impossible, t'en es fier ?*

Le médecin ouvrit sa blouse blanche, lui montra un gros pansement au quadrant supérieur droit de son abdomen et lui dit :

— *Vous voyez ce pansement-là, le jour que vous avez ordonné aux Dominicains d'appliquer les principes de Trujillo, dans l'après-midi, je venais de garer ma voiture pour rentrer à l'hôpital, 2 voleurs m'ont attaqué, ils ont pris mon portefeuille, en s'en allant ils ont vu ma carte d'identité haïtienne. Soudain, ils ont fait demi-tour et ils m'ont dit que ce sont les Haïtiens mêmes qu'ils cherchaient, ils m'ont poignardé dans le ventre, ils m'ont laissé pour mort et s'enfuient.*

Il approcha encore plus M. Rodriguez, ses larmes commencèrent à s'écouler à flots dans son visage, il fixa M. Rodriguez droit dans les yeux et continua :

— *Alors Monsieur, si vous étiez à ma place, quelqu'un a ordonné à ses frères de vous tuer, ses frères l'ont écouté et ont tenté de vous enlever la vie, mais vous avez survécu malgré tout. Et, sept jours plus tard, en rentrant chez vous, vous rencontreriez celui qui avait ordonné votre trépas en pleine rue, rampant, baignant dans son sang, sans pouls, bradycardique, tachypnéïque, sa peau froide, en pur état de choc hypovolémique, une vingtaine de minutes dans le même état suffirait pour rendre le choc irréversible, et que par générosité, vous l'avez pardonné et vous l'avez sauvé. Et grâce à vous, le voilà aujourd'hui, accompagné de sa famille, avec une nouvelle chance de vivre, et que toute sa famille, tout son pays se réjouit de sa présence encore sur la terre afin continuer de défendre les intérêts de son pays, dites-moi monsieur, à ma place ne vous sentiriez-vous pas fier de vous ? Hein ? dites-moi, monsieur,* continua-t-il, *ma générosité, qui vous a sauvé, vient de ma race, de mon peuple, de ma nation. Dans mon pays, il existe souvent de luttes fraternelles certes, mais on respecte les étrangers, oui en Haïti, on chérit toujours les étrangers, peu importe son origine, peu importe sa couleur de peau. En Haïti on adore entendre parler les Africains toute comme on adore voir danser les Dominicaines. Alors, oui, monsieur, je suis fier d'être Haïtien, et je suis fier de vous avoir donné la chance de continuer de défendre les causes de votre peuple. Gardez votre argent M, mais ne cachez pas à vos compatriotes que vous devez la vie à un Mésie,* conclut-il.

Toutes les personnes présentes dans la salle, M. Rodriguez, son épouse, sa fille, les patients et les autres médecins, tous se mirent à pleurer. En leur voyant pleurer, l'Haïtien dit encore :

— *Non, ne me donnez pas vos pleurs, je n'en ai plus besoin, c'est votre générosité que je réclame, c'est votre grâce que nous voulons. Nombreux sommes-nous ici, alors, nous ne pouvons ignorer que nous bénéficions de votre hospitalité, mais il faut que vous admettiez que nous contribuons aussi au développement du pays, car la main-d'œuvre de votre pays est haïtienne, sa gastronomie est asiatique et ses grandes entreprises sont étrangères. Le monde s'entraide mes grands, les pays riches ont besoin des pays pauvres pour vendre leurs produits, et ces derniers nécessitent l'assistance étrangère pour survivre, chacun à sa faiblesse. C'est vrai, il faut me croire, les pauvres soutiennent les riches et ces derniers maintiennent les pauvres, c'est l'accord entre la force et la faiblesse.* Il prit une pose puis continua ainsi :

— *Monsieur Rodriguez, je ne suis pas votre ennemi, mais plutôt votre frère, et ceci votre frère biologique, nos parents sont tous venus d'Afrique. Alors, frère pourquoi me rejetez-vous ? Il est temps de briser les frontières que vous construisez dans votre mentalité. La sociabilité exige l'harmonie et la paix entre les humains,* conclut-il en s'en allant.

M. Rodriguez quitta l'hôpital tout attristé pour rentrer chez lui. À son arrivée, il demanda à sa femme et sa fille de lui accorder quelques minutes pour leur dire quelque chose en privé. Sa femme demanda aux autres personnes de les laisser seuls. Les invités s'en allèrent, très gênés, il dit à sa femme :

— *Griselda, je sais que ce que je vais t'avouer peut me coûter mon mariage, peut tout changer entre toi et moi, mais je me sens coupable de t'avoir menti, toi et tout le monde. Et toi, aussi Melissa pardonne moi de n'avoir pas eu le courage de te dire la vérité. J'ai trompé tout le monde, et je me suis trompé moi-même,* dit-il en baissant la tête, puis commença à pleurer.

Griselda lui approcha, essuyant ses larmes et lui dit.

— Javier, détrompe-toi, il n'y a rien au monde qui peut me coûter mon mariage, aucune vérité, aucun mensonge, rien, absolument rien. Qu'importent les difficultés qui se présenteront sur notre chemin, nous l'affronterons ensemble.

— Je t'ai menti chérie, ma mère n'est pas Santiaguera, elle venait d'une campagne de Dajabón, ma mère est née à Dajabón de père et mère haïtiens. Ses parents étaient des immigrants illégaux, ils n'avaient aucun document, alors un Dominicain a donné son nom de famille à ma mère, la faisant passer pour sa propre fille. Elle a dû, à cause de la discrimination raciale dont sa famille était victime, laisser la campagne toute seule à l'âge de 12 ans pour rentrer à Santiago. Et une fois ici, elle a créé une histoire, elle a dit que ses parents étaient morts à Puerto-Plata et qu'elle n'avait personne pour la maintenir. Ainsi une famille dominicaine lui a cru, l'a hébergé, et l'a éduqué. À l'âge adulte, elle avait rencontré un Espagnol et ils m'ont mis au monde. Dans le quartier que je suis élevé, il y avait environs une dizaine d'Haïtiens, les gens les injuriaient jour et nuit. Moi, aussi je m'étais mis à les emmerder, un jour ma mère m'avait surpris en train de les injurier, elle me regardait, et s'est mise à pleurer. Je lui ai demandé pourquoi, elle a refusé de me parler. Me mère était souffrante de maladie cardiaque, elle devait être opérée du cœur. Cinq (5) jours avant l'intervention chirurgicale, elle m'avait demandé de lui apporter un cahier et une plume, je lui ai tout apporté. Le jour de

l'opération, moi et mon père, nous nous étions rendus à l'hôpital de très tôt et avions passé toute une journée à attendre le résultat. Vers les 4 heures P.M, un médecin s'amenait vers nous et nous dit qu'elle n'avait pas survécu à l'opération et qu'elle m'avait laissé ce cahier. J'ai abandonné l'hôpital en courant, mon père aussi était désespéré. Trois mois plus tard, mon père me disait qu'il devait rentrer en Espagne, il m'avait laissé chez un voisin, il m'avait promis de revenir. Il m'appelait presque chaque semaine, il m'envoyait souvent de l'argent. J'avais tout, sauf la présence de mes parents. Un jour ma mère m'avait manqué, je me suis décidé à ouvrir le cahier qu'elle m'avait laissé, et j'ai vu que c'est l'histoire de ses parents qu'elle me racontait, elle me parlait uniquement de son origine, de son amour pour ses parents, elle m'avouait qu'étant à Santiago, elle avait toujours pris soin de ses parents, elle m'avait dit aussi que sa mère voulait tant me rencontrer un jour. Elle m'avait dit : Javier, mon chéri, ils m'ont acceptée ici parce que je me suis fait passer pour l'un d'eux, et toi, aussi tu as joui de ses privilèges, ne dévoile à personne ton secret, efforce-toi jour et nuit pour prouver à ton entourage que tu n'es pas Haïtien, c'est uniquement ce qui peut te rendre aimer sur cette terre, mais n'oublie jamais que tu es Haïtien. Mon amour, je n'ai pas eu la chance de connaître Haïti, alors rends-moi service, vas-y un jour, nos parents viennent de Milot, ils me parlent toujours de la Citadelle Laferrière, j'aimerais tant y aller, mais la vie ne m'a pas donné cette chance. Si je meurs aujourd'hui, Javier, mon chéri, mon amour, va contempler ce miracle pour ta mère. Va à Milot, mon père s'appelle Ton Cedieu Lambert, et ma mère Mant Marie-Josette Joseph Lambert. Ils avaient laissé Dajabón, ils sont à Milot maintenant. Griselda, Griselda, pleura-t-il, *je voulais tellement me montrer patriote au point que je suis devenu un diable pour tuer mes propres parents. Griselda*, répéta-t-il, *ma mère n'est pas fière de moi, non elle n'est pas fière du tout de moi, j'ai honte.*

— *Chéri, chéri*, dit Mme Rodriguez en soulevant la tête de son mari, *quand est-ce que tu vas nous emmener contempler la beauté de la Citadelle, j'aimerais tant voir les parents de mon seul amour.*

— *Et moi aussi papa, allons-nous-en demain Dieu voulant, qu'en penses-tu ? dit* Melissa.

— Vraiment ! vous m'avez accepté ainsi, comme Haïtien.

— Javier, je t'aime, ton origine m'importe peu, je t'aime pour ton être.

M. Rodriguez fut ému de joies, il embrassa sa femme et sa fille, et ce fut une grande joie pour toute la famille. Il appela ses collègues, leur disant qu'il présentera sa conférence le jour fixé, dans sa maison à 8 heures pile du matin. Le jour arriva, depuis vers les 7 heures Am, le parterre de sa maison était déjà rempli de journalistes et de sympathisants avec des pancartes contenant des messages de soutien en main. À l'heure exacte, épaulé de sa femme et de sa fille, M. Rodriguez s'amena à pas de tortue. La foule lui acclama de ces cris : « Vive la République dominicaine libérée de ses ennemis ! Vivre les principes de Trujillo ! Perrejil ! Persil ! [10] M. Rodriguez leur demanda de garder le silence avec un geste de la main, puis il commença son discours : Peuple dominicain vous êtes salué, je vous remercie de votre grand amour à mon égard, et je vous demande de me pardonner de vous avoir induit en erreur à maintes reprises. L'heure est finalement venue afin que je conçoive l'être humain dans une autre dimension. Pendant que j'étais à l'hôpital, un médecin d'une personnalité aussi grande que celle de nos héros m'a fait comprendre qu'une nation est faite de plusieurs couches sociales, de bons et de mauvaises gens. Que dans le camp des forts il existe de la faiblesse, ainsi le camp des faibles possède sa force, et qu'il faut s'entraider pour progresser, car la force et la faiblesse forment un duo parfait. Maintenant avec cœur net, je veux faire mea culpa à tous ceux qui, par mon discours misanthrope et

[10] Perrejil ! Persil ! : Les deux mots que les Dominicains ont exigé aux hommes de couleur noire de prononcer pour différencier les Dominicains noirs des Haïtiens, pendant l'extermination des Haïtiens sur le sol dominicain, lancée par le General Trujillo.

égoïste, ont été tués, maltraités et injuriés, je vous prie de me pardonner pour tous les maux que je vous ai faits. Il m'était si difficile d'accepter qu'on n'était pas uniquement de simples voisins, ni des ennemis, mais plutôt des frères biologiques condamnés à partager une Île unique sous le même ciel. Compatriotes l'être humain est fait pour vivre en parfaitement harmonie, il est tellement vrai qu'on arrive souvent à construire de grands et hauts murs sur cette terre, mais la mer reste ouverte et le ciel tout ouvert, tout ceci prouve que Dieu ne connaît et n'admet pas les divisions, ni les frontières entre les peuples. Frères nous sommes un peuple souverain, et nous mourrons avec notre liberté, mais la souveraineté ne nous garantit pas le droit de tuer. Nous devons surveiller et protéger notre terre, mais il faut reconnaître la valeur de tout être humain, et tout être humain ; légal ou illégal, noir ou blanc, riche ou pauvre, a le droit à la vie. Je me rappelle qu'il y a environ 1 mois, aveuglé par un sentiment ultranationaliste, je vous ai exhorté à adopter des principes inhumains, des principes qui ont laissé d'amers souvenirs au sein de la population dominicaine. Des principes qui appellent à tuer les Haïtiens, et quelques jours plus tard, un Haïtien m'a sauvé, cela me fait penser combien ils sont utiles à notre pays. Peuple dominicain, pardonnez-moi une nouvelle fois de vous avoir trompé, croyez-moi, l'être humain mérite une meilleure considération. Merci ! Regagnez vos demeures.

Mécontente, la foule se mit à injurier M. Rodriguez, les nationalistes de la République dominicaine lui accusèrent de trahison, ses fanatiques furent déçus de lui, mais il fit finalement la paix avec sa conscience. Il mit un terme dans sa carrière politique pour se focaliser sur sa famille et ses entreprises. Il décida de se rendre à Milot pour visiter la Citadelle et rencontrer ses arrières-parents. Dominicain d'origine hispanohaïtienne, M. Rodriguez connut désormais la fierté d'être d'une famille modeste, d'un pays appauvri. Il fut pardonné par toute sa famille haïtienne, mais il garda son histoire secrète. Les journalistes, haïtiens et dominicains, remuèrent, en vain, ciel et terre pour connaître la raison de sa visite en Haïti et le lien qu'il eut avec sa la famille qu'il avait visitée.

Il n'existe pas de plus grand ni meilleur professeur que les expériences !

Le meurtrier

« En Vertu des pouvoirs qui me sont conférés, après avoir purgé, avec paix et gentillesse, votre peine pendant dix longues années de, M. Aritus Jonathan, vous êtes libre de regagner votre train de vie au sein de la population », a prononcé le juge d'instruction dans l'assise criminelle.

Tout rose devient le ciel bleu pour Jonathan en ce jour si béni. En effet, après avoir vécu au pénitencier national pendant dix ans pour avoir, sous l'effet de la drogue, volé et tué une commerçante dans sa ville natale, Miragoâne. Condamné à 17 ans et libéré à 27 ans, il a vécu une grande partie de sa jeunesse derrière les barreaux. Présentement désorienté, plein de remords et rougi de honte, il regagne la demeure de ses parents à Miragoâne, une toute petite ville où tout le monde se connaît bien, et le commérage est une pratique très de mise pour presque tous les gens, jeunes, adolescents, adultes et vieux. La joie embaume la maison, toute la famille partage sa tristesse et ses regrets, il reçoit des conseils par milliers, c'est comme une fête dans la maison. Le chaleureux accueil qu'il reçoit dans son entourage fait couler à flots ses larmes, le pousse à réfléchir davantage sur ses antécédents et il décide avec fermeté de recommencer sa vie dignement, loin de l'alcool, de la drogue et loin de toutes sortes de délinquances. Il a eu la chance d'étudier la comptabilité informatisée (2 ans) durant ses études secondaires, et il désire s'intégrer au marché du travail.

Ainsi, réveillé un bon matin, il se brosse rapidement les dents, lave son visage, habille et se rend dans un cybercafé pour taper un CV. Y étant arrivé, il met du temps pour ouvrir la porte, la peur de se faire injurier par les clients l'accapare. Mais il ouvre enfin la porte, salue le propriétaire et commande une machine. Assis, le propriétaire ouvre grand ses yeux, croise ses bras par étonnement, puis dépose ses coudes sur son bureau en soutenant des deux paumes son menton et lui demande :

— Depuis quand es-tu libre ?

Maintenant les yeux de tous les clients se sont focalisés sur eux.

— Les dix années se sont écoulées, j'ai purgé ma peine, je suis libre depuis quelques jours. Je reconnais ma culpabilité, maintenant je renonce à toutes mes mauvaises pratiques autrefois, et je veux avoir une nouvelle chance de vivre en paix dans mon entourage, lui a-t-il répondu d'un air embarrassé et d'une voix enrouée, après avoir tripoté son visage et soupiré.

— Hm ! Hm ! Je comprends, l'a-t-il rassuré le propriétaire qui a redressé soudainement sa chaise, en le fixant des yeux et en hochant la tête.

Jonathan le paie pour trois heures et prend la machine pour taper son CV. Dans sa cabine il se met à pleurer. Il s'empresse sur la rédaction pour quitter le centre à la hâte. Craw ! Craw ! S'ouvre la porte en grinçant, un jeune homme fait son entrée avec ses pariétaux remplis de cheveux à demi longs et ondulés, son occipital et ses temporaux rasés, des boucles d'oreilles, son cou plein de chaînes krizokal, son pantalon en dessous de sa taille et des chaussures de marque Adidas, il tient à la main un appareil sonore, dont le hi-fi peut couvrir une foule immense, qui trouble la paix du centre. Jonathan penche sa tête pour voir ce qui se passe et aperçoit que c'est un ami de son ancienne bande d'avant la prison. Le voyant, ce dernier court vers lui avec contentement, l'embrasse fortement et lui dit en pleurant dans un langage de rue :

— Mon pote, je suis désolé de n'avoir pu te visiter lorsque tu étais en tôle, je n'ai pas eu le courage mec, pardonne-moi mon frère. On me dit que là où les prisonniers dorment, c'est là qu'ils font chier dans un récipient et là aussi qu'ils mangent, je ne pouvais pas te voir vivre cet enfer de merde.

Hanté par les souvenirs du pénitencier, Jonathan se lasse d'entendre parler de son passé, pour vite changer de sujet, il répond de la sorte :

— OK. Quoi de neuf mon vieux ?

— De nouveau, il y en a beaucoup mec, maintenant nous avons des trucs beaucoup plus relaxants qu'avant, tu n'as pas entendu parler du fameux « BE COOL » frère ?

— Tu veux parler de drogue ? Je parlais de ta vie familiale, de ce que tu as fait pendant toutes ces années, pour la drogue j'ai tout arrêté mec.

— T'es encore sous l'emprise du remords mon pote.

Il lui tient par les bras et le secouant. Puis il continue ainsi :

— Réveille-toi mon vieux, tu n'es plus en tôle, tu es libre maintenant, bon retour au monde de la liberté frère.

Il sort soudainement une petite bouteille de rhum BARBANCOURT dans sa poche, il prend une petite gorgée et il lui offre un coup. Ce dernier refuse en disant :

— Non, mon ami, je ne bois plus, j'ai tout arrêté.

— Quoi ? s'étonne-t-il, fais chier, tu refuses même de prendre un coup avec moi, qu'est-ce qui cloche mec, tu n'es plus mon ami ?

— Non, répond Jonathan en passant ses mains dans ses cheveux, ce n'est pas ce que tu crois, en fait, j'ai tout arrêté, je ne fume plus, je ne bois plus, je ne me drogue plus, je veux reconstruire ma vie, je veux me faire une place digne dans la société.

Il arrête de parler, il appuie son dos contre le mur, il soupire et continue :

— Je ne veux plus décevoir mes parents, ils entrent en âge mec, sous peu ils auront besoin de mon aide, je suis désolé mon pote, mais si tu ne changes pas de vie, on ne pourra plus être amis.

— Voilà qui veut me faire la morale maintenant, a-t-il ricané avec haute voix, Jonathan le meurtrier !

Énervé, Jonathan lui tourne le dos, rentre dans sa cabine et recommence à taper, lui, il laisse le centre en barbouillant. Quand il termine de taper son CV, il l'imprime et se met debout, il se sent épuiser tel un détenu condamné aux travaux forcés, son moral est attaqué par l'affront public qu'il vient de subir de son ami, il laisse la cabine à pas de tortue, s'oriente vers la sortie. Dehors, on dirait que le soleil augmente sa chaleur, s'abaisse plus proche de la terre pour faire du mal à ses habitants, ses rayons lumineux envahissent le bleu du ciel et lui donne une couleur qui se rapproche de l'or blanc, un court regard vers le ciel fait couler immédiatement des larmes aux yeux de Jonathan qui n'a pas connu cette sensation depuis environ dix ans. Il résiste à laisser la galerie du centre de traitement de texte. Après quelques secondes, il commence à suer depuis la tête jusqu'aux talons, ses vêtements commencent à le mouler, il décide enfin de prendre la rue pour regagner sa demeure. Dès qu'il arrive chez lui, il prend une douche et se repose dans le salon. Il allume la télévision du salon pour se défouler dans les émissions musicales. Il commence à faire nuit, le père de Jonathan, M. Joël Aritus, revient de son boulot avec un plat de « barbecue » en main, il salue son épouse, Mme Rosimène Aritus, puis il appelle Jonathan :

— Nathan, où es-tu ? Amène-toi, je t'apporte du poulet, le meilleur de la ville, ça vient de chez Mme Gardelle.

— Elle cuisine encore papa ? demande-t-il en se mettant à table.

— Ouais, toujours aussi bonne sa cuisine, vas-y sers-toi !

Jonathan découvre le plat, il mange avec rapidité sans prendre le temps de bien mastiquer les aliments, son père, le voyant manger de cette manière, le regarde d'un air surpris, il sourit et lui dit niaisement :

— Nathan c'est le tien, prends tout ton temps mon champion. Rosimène, il va falloir cuisiner comme dans les prisons afin que Nathan puisse prendre son temps pour bien mastiquer les aliments et faciliter une bonne digestion.

Rosimène s'approche de Jonathan qui ne relève plus sa tête, il continue à manger de la même manière, elle lui ôte le plat et lui dit d'un air moqueur :

— Tantan, parle à ta mère, tu t'es rêvé en train de déguster un tel repas hier soir ?

— Bah ! maman laisse-moi terminer d'abord, je te répondrai après.

— Non, tu réponds avant.

Il se redresse, il regarde sa mère, puis se tourne vers son père, et leur dit en souriant :

— Vous vous mettez auprès de moi pour vous moquer de moi. Non, je n'ai pas rêvé hier soir, mais c'est fascinant ce barbecue, alors laisse-moi le terminer.

Elle le lui remet, lui caresse la tête et s'en va. Après son repas, il laisse la table et sort dans le jardin de sa maison pour prendre de l'air. Dehors, le clair de la lune et des étoiles se cache derrière un effrayant noir. Le chant des cælifères le plonge dans un souvenir regrettable. En fait, les amis de Jonathan l'avaient séduit pour se droguer pour la première fois dans cedit jardin dans un soir aussi noir et animé par le chant sublime des cælifères. D'un coup, il commence à pleurer, son père s'amène pour passer un temps en sa compagnie, le voyant pleurer, il lui fait la morale, lui demande de lui pardonner lui-même pour ses erreurs de jeunesse, afin que son entourage puisse aussi lui pardonner, et il se retire. Jonathan regagne sa chambre et s'endort.

Il est huit heures, à cette heure matinale, les rayons du soleil brûlent déjà sur la fenêtre de sa chambre, donnant des coups de poing à son visage découvert enfoncé, à demi, dans un oreiller d'éponge. Il grimace, mais il est encore loin de se réveiller. Plus il résiste, plus le soleil lui frappe, il se réveille enfin malgré lui.

— Quelle brillante matinée, souffle-t-il d'un air un peu amusé, une matinée qui prône de nouvelles aventures, annonçant un nouvel espoir !

Il se baigne, s'habille, puis déguste un petit-déjeuner vite préparé par sa mère, en même temps qu'il survole un bouquin donnant des conseils sur les normes à adopter par les jeunes professionnels à la recherche d'embauche. Il fait une vingtaine de copies dures de son CV original et quitte sa maison. Il fait quinze heures passées de trente minutes, il a déjà déposé son CV dans une vingtaine d'entreprises privées, il rentre chez lui fatigué comme un animal abattu. À la tombée de la nuit, Jonathan décide de se rendre dans une église protestante de son quartier pour aller déposer son sort entre les mains de Dieu. Les deux brigadiers placés à l'entrée principale de l'église lui font signe de s'arrêter pour attendre que le pasteur termine la prière d'intercession. Une fois la prière terminée, l'un des brigadiers l'accompagne et lui montre un banc. Comme il est encore tôt, les fidèles n'y sont pas encore arrivés, ainsi est-il le seul à occuper le siège où il se retrouve. Quand les fidèles commencent à venir, tous les bancs commencent à être remplis, mis à part celui de Jonathan. Il n'a ni de bible ni de chant d'Espérance, mais il reste paisiblement pour écouter la lecture de la parole de Dieu et marmotte toutes les antiennes. Une jeune chrétienne vient enfin s'asseoir auprès de lui, elle abaisse sa tête et elle cache son visage dans ses paumes pour prier. Elle termine sa requête, soulève sa tête et salue Jonathan avec une gentillesse digne d'un disciple de Jésus. Il la voit plonger son regard fixe vers les gens de l'autre côté, il tourne sa tête et surprend la majorité des membres de l'église faisant des gestes de la main à la jeune fille pour lui dire de laisser le banc, cette dernière a mis du temps pour les comprendre, mais à la fin elle laisse le banc. Rougi de honte, il abandonne tout de suite l'assemblée. En sortant, il aperçoit une amie qu'il avait avant de se faire incarcérer sur le trottoir d'en face, il traverse la rue pour la rejoindre, il l'appelle, quand elle le voit elle court à sa rencontre, elle le serre dans ses bras et lui donne un doux baiser sur le front. Ils se donnent d'amicaux câlins et se mettent à parler de leur enfance. Des éclats de rire se font entendre jusqu'à l'autre côté de la rue. Soudain s'amène le père de la fille, leur voyant en tête à tête, il s'en plaint :

— Guerline ! Guerline, dis-moi que je rêve, avec qui parles-tu-là ?

— C'est Jonathan papa, tu ne vois pas ?

— Je ne suis pas déjà trop vieux pour identifier un meurtrier, oui je vois qui c'est, rentre à la maison immédiatement, ton heure n'est pas encore venue.

Là-dessus Jonathan se matte les pieds avec les yeux remplis de larmes et rentre chez lui. Il a déjà un mois depuis qu'il attend, fermé chez lui entre quatre murs, qu'on l'appelle pour travailler embauche. Quand enfin on a daigné l'appeler, c'est entrevue sur entrevue, dès qu'on lui demande la raison de son incarcération et qu'il répond avec sincérité, pour ne pas le décevoir en face, on lui promet toujours de l'appeler sous peu, mais cela n'arrive jamais. Il fait montre d'une motivation sans pareille pour sa dernière entrevue. Respectant le protocole pour la recherche d'emploi, son apparence a surpris le personnel, il a l'air d'un professionnel déjà en fonction.

— Votre visage me paraît familier, où habitez-vous ? s'enquiert le directeur.

À cette interrogation, le stress de Jonathan est très palpable. Il a tout à coup de la sueur qui trempe sa belle chemise blanche. Enfin d'une voix enrouée, qui porte la marque de la gêne, il répond :

— J'habite dans la cité Marie-victoire monsieur.

— Cité Marie-victoire, j'avais l'habitude me rendre là-bas chez mon grand-père, je connais bien ce quartier, comment s'appellent vos parents.

— Je suis le fils unique des époux Aritus, mon père a un pseudo Ton Jojo.

Sur ce, monsieur le fixe, lui pointe du doigt et ajoute :

— C'est toi qui as…

— Ouais ! se désole Jonathan, maintenant j'ai changé ma vie. Je me repens de tout ce que j'ai fait, je veux avoir une autre chance de mener une vie paisible dans la société.

— OK, on vous contactera sous peu.

Jonathan qui connaît déjà cette leçon, se met debout, le remercie et regagne désespérément sa maison. Il ne parle à personne, sinon à lui-même seul. Il se lamente sur toutes les mésaventures qu'il a subies dans son entourage après sa libération, il ne pense qu'à retourner en prison, là où tout le monde l'accepte tel qu'il est. Il passe tout l'après-midi emprisonné dans sa chambre, il ne mange pas, il ne fait que méditer sur sa vie et tire enfin cette conclusion : « Tout le monde a raison, je ne suis qu'un meurtrier, j'ai enlevé la vie d'une mère-papa de 4 enfants, c'est toute cette famille que j'ai détruite, ce crime me suivra jusqu'à la fin de ma vie, ma place n'est plus ici, je ne mérite pas des parents comme les miens, je ne suis pas digne de vivre sous leur toit. Je suis un meurtrier, je ne peux pas changer, je vais voler puis tuer quelqu'un ce soir même pour trouver de l'argent pour me louer une petite maison. »

Il prend un bonnet noir, un kniffe et laisse de nuit la maison. Il descend au centre-ville, se positionne au carrefour Ciné (carrefour reliant la rue bord de mer et la grand-rue). Les motards qui se stationnent ordinairement dans le carrefour n'y sont plus, il fait le guet pour s'assurer que la voie est libre, afin de pénétrer le grand dépôt de Riz du Carrefour et passer à l'action. Il ne se drogue ni ne boit. En approchant de l'entrée du magasin, il voit sortir toute seule une sexagénaire, elle s'amène directement vers lui, elle lui donne un billet de 50 gourdes et lui dit :

— Va sur la place publique et apporte-moi une bouteille d'eau bien fraîche de l'une des marchandes.

Il tombe des nues, mais il n'hésite pas une seconde, il prend l'argent et s'en va sur la place. Il achète une bouteille d'eau et l'apporte à la dame. Elle prend la bouteille et la monnaie, puis lui demande de la suivre au dépôt :

— Qu'est-ce que tu fais dans la vie ? Que sais-tu faire donc ?

— Non, je ne fais rien dans la vie, madame, j'étais en prison pour avoir tué une dame, répond-il en secouant incessamment sa tête.

Il ne peut retenir ses larmes qu'il essuie avec sa main droite. La dame le regarde pleurer et lui demande une seconde fois :

— Que sais-tu faire ?

— Madame, j'ai commis un crime odieux, il y a dix ans de cela, j'ai passé dix en prison.

— Que sais-tu faire ? insiste-t-elle.

— J'ai étudié la comptabilité informatisée, madame.

Elle lève ses yeux vers le ciel, ouvre ses bras et loue Dieu : « Tu es digne Seigneur, tu es grand Seigneur, tu me montres toujours ta gloire mon Dieu ! qu'est-ce que j'ai fait pour métier ce si bon traitement, moi, qui pèche chaque seconde ? Mille mercis Jésus. »

— Assieds-toi, tu t'appelles comment ?

— Jonathan Aritus, Madame.

— Jonathan, tu as tué quelqu'un ?

— Oui, j'ai purgé une peine de dix ans, mais les gens ne me pardonnent toujours pas.

— Bah ! Dieu t'aime et il a un plan pour toi. Tu crois en Dieu ?

— Madame, après ma libération, je me suis rendu dans une église pour prier, les fidèles de l'église avaient peur de moi, tout le monde me fuit comme la peste. Je crois en Dieu, mais je ne retournerai plus jamais à l'église.

— Jonathan je suis servante de Dieu, hier soir, en rêve, une fille vêtue de blanc m'est apparue et m'a dit Dieu te donnera ce que tu lui demandes chaque jour, quelqu'un de confiance pour gérer le magasin, demain à 7 heures 30 P.M. tu rencontreras un jeune homme près du magasin et cet homme se chargera désormais du magasin. C'est pour la première fois que je passe cette heure au magasin, c'est toi que j'attendais. Mon fils, Dieu t'appelle, et il te pardonne, alors pardonne-toi toi-même et sers Dieu. Demain à 7 heures A.M., je t'attends ici pour tout commencer.

Jonathan sort du magasin de riz, il regarde le ciel pour remercier Dieu et il y aperçoit une brillante étoile, il ne fait pas beau, c'est l'unique étoile dans un ciel noir tel le jais. Une superstition raisonnable drague son contentement et arrive à le séduire, il s'oriente droit vers l'étoile, lève ses bras vers elle et dit : « Ô mon étoile, j'ai toujours cru qu'un jour tu brillerais ! Te voilà briller en plein noir comme un phare ! » À Miragoâne, les gens disent toujours que tout être humain a chaque jour cinq minutes de folie, ses 5 minutes à lui surviennent d'un seul coup et il se met à courir jusqu'à sa maison. Il rentre sans arrêter sa course, il trouve ses parents assis au salon, il saute droit sur eux, il retire le kniffe de sa poche et le dépose au sol, il enlève son bonnet et il raconte son histoire à ses parents. Ils ne l'ont pas cru. Le lendemain ils l'ont accompagné au magasin pour s'assurer que c'était une histoire vraie.

Jonathan reprend ainsi sa nouvelle vie tant souhaitée et il sert Dieu de tout son cœur et de toute son âme. Il est passé de meurtrier à fils de Dieu. Les calomnies des gens de son quartier, les humiliations des fidèles de l'église et le fait d'être rejeté par la société n'arrivent pas à tuer son rêve, son espoir de' mener une vie paisible. Jonathan survit, grâce à Dieu, aux farouches attaques des meurtriers. Un meurtrier n'est pas uniquement quelqu'un qui tue physiquement ses semblables. Est un véritable meurtrier, celui qui vole la confiance d'un peuple qui l'élue, se plaisant à s'enrichir aux dépens de l'État. Meurtrier est tout homme qui refuse de pardonner à quelqu'un et l'empêche de progresser parce qu'il a commis une erreur. Pire qu'un meurtrier est celui qui tue l'espoir des gens, qui, par des propos humiliants, par des offenses oppressantes, abaisse l'estime des gens, les pousse à se sentir hors de la société.

On a tous des choses à se reprocher, acceptons les erreurs d'autrui et aidons-les à se reconstruire, ainsi notre société grandira et progressera. Arrêtons de chercher des boucs émissaires, pardonnons-nous les uns les autres, afin que la confiance et l'espoir puissent luire au sein de notre très chère Haïti, voire dans tout le monde.

Remerciements

À Dieu pour sa grâce infinie dans ma vie, à ma mère Rose-Andrée Saint-Jean et à ma femme Weedmanie Saintus Noël pour leur inconditionnel amour à mon égard, à mon père Yves Noël, a Kiesta Pharaon ma sœur aînée de m'avoir aimé et aidé tel un fils, à mon grand frère Jean Mary Jr Saint-Jean, mon unique correcteur, à ma petite sœur Stephah-Madochyah Noël, à mes deux frères adoptifs Gervens Isma et Kervens Saint Louis, à mon neveu Alvin Di Noah Saint Jean, à ma petite sœur adoptive Djouly Gerome et à toute ma famille pour leur soutien.

Imprimé en Allemagne
Achevé d'imprimer en décembre 2023
Dépôt légal : décembre 2023

Pour

Le Lys Bleu Éditions
40, rue du Louvre
75001 Paris

www.ingramcontent.com/pod-product-compliance
Lightning Source LLC
Chambersburg PA
CBHW062348010826
49168CB00024B/316

9791042218171